I0746483

EL CASTILLO DE LA ABUELA

EL CASTILLO
de la
ABUELA

Guarda un tesoro
que mis nietos descubren

por

Ferney Escobar-Mejía

PALABRA PURA
palabra-pura.com

2025

Tabla de Contenido

¡Gracias por leer este libro!

Espero que la lectura de este libro sea de gran beneficio para tu vida. Y si esto es así, me encantará que me otorgaras **un comentario y una valoración en Amazon**. Tu opinión es muy importante, y servirá para que este libro pueda ser aprovechado por otras personas. Me alegrará leer tu comentario; y será muy apreciado.

Otras obras de la autora:

Cardos al amanecer. Una novela autobiográfica.

AUTOBIOGRAFÍA

Nací en Cali, Colombia, el 26 de octubre de 1943. Soy maestra normalista graduada en 1962 de la Normal Nacional de Señoritas. Obtuve la Licenciatura en Español y Literatura en 1967 en la Universidad Santiago de Cali. En 1978, me gradué como Licenciada en Derecho en la Universidad San Buenaventura, y obtuve una Maestría en Criminología en 1980 en la Universidad Santiago de Cali.

Ese mismo legado de amor al estudio es la herencia que he dejado a mis hijos, quienes sabiamente han sabido seguir mi ejemplo, y sé que lo transmitirán a los suyos. El bagaje cultural obtenido con mis estudios de Derecho y específicamente con la Maestría en Criminología, me dieron las herramientas suficientes para comprender la conducta humana desde los puntos de vista de la Psiquiatría, la Psicología y la Sociología; herramientas que he sabido aplicar a la vida laboral y familiar. Esto también propició en mí una conducta orientadora acertada en beneficio de mis alumnos e hijos, siendo estos últimos los más beneficiados. Creo que este ha sido el mayor logro de mi vida, pues mis tres hijos son ahora mi mayor orgullo. Hoy doy gracias a Dios por ellos al verlos consumando sus proyectos personales con alegría, y recojo con ello el fruto de mis esfuerzos.

Desde el año 2000 vivo con mis hijos en Chicago, Illinois, a donde llegamos en calidad de asilados políticos, estatus que nos fue concedido por el gobierno de Los Estados Unidos de América. A la fecha, todos mis hijos y yo somos ciudadanos de este hermoso país.

Actualmente soy jubilada. Trabajé como asistente en el Distrito Educativo 300 en Carpentersville, IL. Me considero maestra de profesión, madre por vocación y abuela por amor. Siendo este último título el que hoy me hace feliz.

Desde el año 2015 estoy felizmente casada con el caballero mexicano, Amado Medrano, y juntos disfrutamos nuestro *hobby*: viajar por el mundo.

—Ferney Escobar-Mejía

Dedicatorias

A la memoria de mi madre Elud Mejía
Gracias por la herencia bendita que me dejaste de la educación.
Esto es algo que he compartido exitosamente con mis hijos y aho-
ra comparto también con mis nietos.

A mis hijos:
Diana Elud, Claudia Fernanda, y Andrés.
Gracias hijos por el amor, el apoyo, la comprensión y
el reconocimiento que a diario me brindan.

A mi nieto Lukas:
Tu amor por los libros te elevará a las cumbres de la
sabiduría. Sin duda llegarás al éxito.

A mi nieto Nikolás:
¡Tu dedicación y disciplina para el tenis
harán de ti un triunfador!

Agradecimientos

A Diana Elud Ponce
Mi eterna gratitud para Diana Elud,
una versátil profesional, quien, con el amor de hija,
encontró tiempo entre sus múltiples tareas como esposa,
madre, y ejecutiva, para ayudar a su octogenaria madre
para transcribir el manuscrito de este
libro en la computadora.
Mi perenne reconocimiento
A mi hijo Andrés Umaña, Máster en Teología,
quien no solamente hizo posible la publicación de este
libro, sino que me sorprendió escribiendo los dos
últimos capítulos, con el fin de darle el cierre
espiritual a la historia.

PRÓLOGO

El castillo de la abuela es un cuento didáctico basado en la vida real. La autora, motivada por la curiosidad, deseó apreciar con sus propios ojos el pueblito que lleva su nombre. Así que, para celebrar algunos eventos importantes para ella (su septuagésimo cumpleaños, su jubilación como maestra, y la graduación de Master en Teología de su hijo), visita Ferney, Francia. Ese fue el lugar que le inspiró para escribir este libro.

Se podría decir que con este escrito ella rinde homenaje al arte de ser maestra de español y literatura; pues a través de sus ricas descripciones —escritas con agradable encanto y sensibilidad— hace dialogar dos personajes que llevan los nombres de sus nietos LUKIS y NIKOS, queriendo con ello transportar a todos los pequeños lectores a esos bellos lugares europeos.

Luego, con gran sensibilidad humana, y al aproximarse al final de esta obra, nos deja una gran lección: que el éxito no está en poseer cosas materiales, sino en *ser feliz*, y que esa felicidad está dentro de nuestros corazones.

Asimismo, la autora, haciendo gala de su espiritualidad, cierra su obra con una oda al Creador.

Ruth Coral
Psicóloga
Master en educación ambiental
Master en danza terapéutica
Master en danza meditativa

INTRODUCCIÓN

El 12 de octubre del 2013, cuando el mundo conmemora el descubrimiento de América por Cristóbal Colón, la autora, en compañía de su primogénito, el teólogo Andrés Umaña, parte hacia el Viejo Continente a descubrir las raíces de su nombre. Un nombre poco común, y quizá inexistente entre las personas del género femenino: FERNEY.

Durante el viaje, ambos recorren seis de las ciudades más importantes de Europa; y en cada lugar, FERNEY escribe diálogos imaginándose que sus nietos le acompañan, a quienes, en esos diálogos, les ha dicho que han venido a buscar el tesoro de

En los jardines del castillo de FERNEY VOLTAIRE, en Francia, la abuela se inspira para escribir este libro.

LA ABUELA. Y para ello, su misión será recoger pistas en cada ciudad que visiten.

De esta manera, y a medida que transcurre su viaje, la autora va gestando paso a paso este cuento didáctico, en donde utilizando la narración, la descripción y el diálogo, va llevando a sus pequeños lectores a descubrir las maravillas del Viejo Continente.

Al final de su viaje, visita el pueblo y el castillo que llevan su nombre; y es cuando, sentada en sus jardines, termina de escribir las líneas de esta enriquecedora historia.

1
PARTIMOS HACIA LONDRES

Había una vez, en el pueblo de Oswego, Illinois, Estados Unidos, una abuela que vivía en una linda casita, rodeada de rosas, las cuales, ella misma cultivaba.

Esta linda abuelita tenía un nombre extraño y decía que, en sus casi setenta años de vida —pues pronto los iba a cumplir—, jamás había encontrado a otra mujer que llevara su nombre: FERNEY.

Pero un día, cuando se jubiló como maestra, aprendió a abrir una caja mágica —la caja que todo lo sabe— y le preguntó:

—Cajita, cajita mágica, ¿qué sabes tú de mi nombre?

De inmediato, en la pantalla de la caja mágica, apareció un mapa, y en el mapa, un punto rojo cerca de un lago; allí estaba el nombre de FERNEY. Entonces LA ABUELA, muy emocionada, contó a sus hijas que había decidido ir a conocer el lugar que la cajita mágica le había mostrado. Todos la apoyaron.

Su hija Claudia, quien era una experta viajera, la llevó a comprar ropa y le ayudó a empacar. Mientras esto ocurría, su otra hija, Diana, experta en organizar viajes por internet, planeó el itinerario, e hizo las reservaciones de vuelos y hoteles. Finalmente, FERNEY fue a casa de sus nietos para invitarlos.

LUKIS, el travieso, salió al encuentro, y de un salto, se sentó en la maleta de LA ABUELA, y dijo:

—Abuelita, abuelita... ¿A dónde vas tan bonita con esa *maletica* tan pequeñita?

—Mi querido LUKIS, voy a explorar el viejo mundo.

—¿Vas a buscar un tesoro?

—Sí, las raíces de mi nombre, el que no he podido aún encontrar.

NIKOS, el pensador, quien estaba escuchando, se quedó meditando... Y luego dijo:

—ABUELA, tu nombre es FERNEY.... Anda a INGLATERRA y pregunta a Carlos III el rey.

—Magnífica idea. ¿Pero quién de ustedes me acompañará?

—¡Yo! —dijo Nikos—. Iré a decirle pronto a papá.

—¡Yo también! —dijo Lukis—. Iré a decirle pronto a mamá.

—Yo los acompañaré a los tres—dijo el tío Andrés.

Y dejando el ajedrez, en un dos por tres, el tío Andrés la maleta hizo al revés.

Los cuatro emprendieron el viaje. Y después de volar toda la noche, a las seis de la mañana, llegaron a la ciudad de Londres. Una ciudad fría, nublada y lluviosa. Por ella atraviesa el río Támesis; un río muy ancho, caudaloso y con oleaje. Al recorrerlo en bote vieron en sus orillas restaurantes flotantes, y algunos edificios muy bellos. Entonces Lukis, el travieso, preguntó:

—¿Abuelita, por qué esas casas tienen palitos en el techo?

—No, hermanito —dice Nikos el pensador—, no son palitos, son como agujas en los techos.

—No, mis niños —dijo la Abuela—. Es una forma de adornar los edificios, la cual se usaba hace muchos años; se llama *arquitectura gótica*. Con esta arquitectura están construidos algunos de los edificios más importantes de Londres: la Casa del Parlamento, el reloj Big Ben, y otros, y casi todas las iglesias europeas. Entre estas iglesias está la Abadía de Westminster, que es la iglesia más antigua de Europa, pues se empezó a construir hace casi mil años. Esta iglesia es muy importante porque allí se celebran las bodas y funerales reales. También, en su interior están enterrados reyes y reinas, músicos, escritores, y políticos, y en general, la gente más importante del Reino Unido.

Londres es la capital del Reino Unido. Se llama así porque es la unión de tres países: Inglaterra, Gales y Escocia. El Reino Unido está gobernado por un rey o una reina, quien vive con su familia en el Palacio de Buckingham, un palacio que está resguardado por muchos soldados vestidos de rojo y negro. A estos soldados se les llama la Guardia Real.

Al día siguiente los hermanitos LUKIS y NIKOS junto con el TÍO ANDRÉS, fueron con su abuelita a visitar al rey del Reino Unido y le preguntaron por el origen del nombre FERNEY. El rey entonces les dijo que fueran a preguntar a un pueblo cercano al que llaman LA CUNA DEL SABER.

Los niños, el TÍO ANDRÉS y ella tomaron un tren, y después de una hora, llegaron a una ciudad universitaria en donde hay estudiantes de todo el mundo. Se llama CAMBRIDGE. Esta es una universidad que tiene más de cien *colleges*, ochenta universidades y muchas bibliotecas. Allí se han graduado ochenta PREMIOS NOBEL. Los que ganan un PREMIO NOBEL son personas muy sabias.

Entonces dijo LA ABUELA:

—Mis queridos nietecitos, mis pequeños genios… espero verlos graduados de esta universidad

NIKOS, muy pensativo como siempre, preguntó:

—ABUELA, sí aquí todos son sabios, ¿ellos te pueden decir donde está tu tesoro?

—Creo que sí. Vamos a leer los murales que los sabios han dejado en el jardín de esa biblioteca.

LA ABUELA leyó en voz alta algo que estaba escrito en un mural que decía:

«Solo uno mismo puede encontrar el tesoro que está en su propio corazón».

Mientras tanto, LUKIS, el travieso, andaba correteando a un pato para quitarle un papel que traía en el pico.

—Abue, abue, el pato tiene una pista en su pico. ¿Qué dirá?

Entonces LA ABUELA tomó el papel y leyó: «Vayan a LA CIUDAD DE LA LUZ, en el tren que pasa por debajo de la mancha del mar; Y en la TORRE EIFFEL, otra pista encontrarán».

Estando en CAMBRIDGE, todos entraron en la biblioteca, escogieron varios libros para investigar el acertijo, y lo descubrieron.

LA CIUDAD DE LA LUZ es PARÍS. Y para ir allá ellos tenían que ir en el tren que va de Londres a París, y que atraviesa el CANAL DE LA MANCHA, por debajo del mar.

11
PARÍS

PARÍS, es una ciudad hermosa, con muchas historias de reyes y reinas; de palacios y palacetes; de sabios, artistas y escritores.

Ya que, por ley, todos los edificios de la parte antigua tienen la misma altura, al llegar a LA CIUDAD DE LA LUZ se destaca la famosa TORRE EIFFEL. Esta torre tiene 300 metros de altura, y, según su constructor (Gustavo Eiffel), ella es «el símbolo de la fuerza y de la superación de los obstáculos».

Allí subió LA ABUELA con su hijo ANDRÉS y sus nietos en búsqueda de la siguiente pista. Esa pista la encontró LUKIS, el travieso, en la punta de la torre, allí decía:

«Vayan a la catedral de la Dama, y lean el sobre que el niño tiene en su mano».

Inmediatamente se dirigieron a visitar LA CATEDRAL DE NUESTRA SEÑORA DE PARÍS. Es un templo hermosísimo, construido en el siglo XIII, con vitrales que narran pasajes de LA BIBLIA.

—¿ABUELA y dónde está la dama? —Preguntó NIKOS, el pensador.

—Mírala allí está, es LA VIRGEN MARÍA, dice LA ABUELA, y está cargando al Niño. El Niño tiene un papel en su mano.

—¿Qué dice ABUELA? —preguntó LUKIS.

— Dice: «Conozcan más de esta linda ciudad recorriendo el río Sena, y luego paren en EL ARCO DEL TRIUNFO».

EL ARCO DEL TRIUNFO es un monumento dedicado a los héroes de la guerra. Debajo hay una antorcha que siempre está encendida (esta es la tumba de un soldado desconocido); y en los muros del monumento están los nombres de todos los héroes de FRANCIA.

Después de leer todos esos nombres, dijo LUKIS:

—¡Qué alegría ABUELA! Encontramos tu Tesoro... allá, allá está tu nombre. TÍO ANDRÉS tómale una foto.

Cuando Nikos, el pensador, vio la foto, dijo:

—No Lukis, ese no es el Tesoro, porque allí dice *Ferey*, y el nombre de la Abuela es Ferney, lleva una N.

—Pero miren mis niños —intervino la Abuela—, lo que aquí dice es: «Estos héroes venían de los Pirineos». Vamos allá y busquemos la N que falta.

Así fue que esa misma tarde tomaron un tren hacia los Pirineos; y después de tres horas de viaje, llegaron a una estación que decía Brussels. Se habían equivocado de ruta y habían llegado a Bruselas, la capital de Europa.

—Devolvámonos, Abuela —dijo Lukis.

—No —dijo Nikos. Quedémonos y exploremos esta ciudad, que puede ser interesante.

—Perfecto, dijo la Abuela. Porque cuando te equivocas, es cuanto más aprendes. Las cosas suceden por algo… así que vamos, conozcamos esta ciudad.

*****

III

BRUSELAS

La ciudad de BRUSELAS, la capital de la REPÚBLICA DE BÉlgica, es también llamada la capital de la comunidad económica europea. Esta comunidad está formada por países del continente europeo. La C.E.U. tiene un slogan: «Unidos en la diversidad». En esta ciudad se encuentra EL PARLAMENTO EUROPEO. En el centro de la ciudad está la plaza más linda del mundo por el arte en la fachada de sus edificios y su colorido.

Esta ciudad tiene un encanto muy especial porque en ella se une lo antiguo con lo moderno; hay edificios neogóticos mezclados entre edificios del nuevo arte y palacios de cristal, como el del PARLAMENTO EUROPEO.

Al continuar el recorrido por las afueras de la ciudad, encontraron un lindo castillo en medio de un bosque. Era la residencia del rey Alberto II, rey de BÉLGICA.

Cerca del castillo vieron un gran parque donde se bajaron a descansar y a disfrutar de un helado. Cuando de pronto...

—Mira ABUELA, allí están los Pitufos —dijo NIKOS—, mientras LUKIS corría a su encuentro.

—«Vamos a cantar y a jugar con ellos» —dijo LA ABUELA.

Los Pitufos, vestidos de amarillo, danzaban alegremente. El TÍO ANDRÉS les tomó un video que llevó como regalo a sus sobrinos, y LA ABUELA tomó fotos. También sus nietos NIKOS y LUKIS danzaron y cantaron con ellos. Los Pitufos contaron que venían de un país vecino llamado Suiza, en donde tenían su castillo. Los niños les dijeron que viajaban con LA ABUELA para ayudarle a recoger pistas que la llevaran a encontrar el Tesoro.

—¿Cuál es ese Tesoro? —Preguntaron.

—El origen de su nombre —dijo NIKOS—, mientras LUKIS el travieso, se subía en los hombros de un Pitufo.

—Nosotros vamos de paseo a un pueblito cercano llamado

Brugge (Brujas). Allí hay una torre que guarda muchos secretos; vamos y les ayudaremos a buscar pistas allí —respondieron los Pitufos.

Entonces todos en coro dijeron: «¡Vamos!».

IV

BRUJAS

El lunes 21 de octubre, después de un recorrido de cuarenta minutos en tren, llegaron a una estación para tomar un autobús que los llevaría al pueblo de Brujas.

—Abuela, Abuela, no podemos entrar a este pueblo; mira sus calles se están inundando —dijo Lukis.

—No están inundadas, son canales —respondió la Abuela, y explicó a sus nietos cómo funcionan los canales en los Países Bajos.

Luego montaron en un bote para alcanzar a los Pitufos, pero estos se perdieron entre los canales que rodean los castillos y las torres de construcción gótica.

—¿Para qué son esas torres Abuela? —Preguntó Nikos.

—En ellas se guardan las Actas de Independencia de cada ciudad —explicó la Abuela. Sí, este pueblo se llama Brujas.

—¿Será que hay muchas brujas aquí? —Preguntó Lukis.

—Yo no veo ninguna, hermanito —dijo Nikos.

—Yo sí vi una, dijo la Abuela y le tomé una foto. Está con

capa roja, mírenla.

—No, es una linda chica —dijo NIKOS.

Pero LA ABUELA replicó:

—Es que a veces las brujas, se disfrazan con máscaras de chicas lindas para engañar a los jóvenes. Tengan mucho cuidado, cuando sean grandes.

Al salir de la ciudad, LA ABUELA se encontró con una antigua amiga llamada Lucy, quien les presentó a su esposo Emil y a su hija Hanna. Ellos los invitaron a conocer un lindo pueblito en la costa de HOLANDA llamado VEERE.

Luego, cuando llegaron a la ciudad de VEERE, LUKIS preguntó:

—ABUELA, ¿por qué aquí también las calles están inundadas?

—No, LUKIS, dijo el hermanito. Recuerda que son canales.

LA ABUELA les recordó porque LOS PAÍSES BAJOS (BÉLGICA, HOLANDA Y LUXEMBURGO) tienen canales.

Allí encontraron un antiguo molino de viento, desde donde divisaron a lo lejos varias islas.

—Mira ABUELA, allá, en el aspa del Molino, hay un sobre, ¿será una pista? —dijo NIKOS.

Lucy, la amiga de LA ABUELA, lo alcanzó y leyó: «Vayan a GENT, la ciudad de calles angostas, y visiten LA CATEDRAL DE SAN BOOFS, allí encontrarán la ruta que deben seguir para encontrar el Tesoro».

Entonces Lucy dijo:

—Yo conozco GENT, porque vivo cerca de ese pueblo. Así que, ¡yo los llevo!

Después de casi dos horas de recorrido en carro, llegaron a

GENT. GENT es un pueblo antiguo y muy interesante. Tiene una catedral de estilo neogótico, y dentro, un hermoso púlpito de madera. Y luego, sobre ese púlpito, encontraron un mapa con la ruta que deberían seguir y una nota que decía: «En LA CIUDAD DEL VATICANO, la siguiente pista encontrarán». LA CIUDAD DEL VATICANO es un país que está *dentro de la ciudad de Roma,* y, por tanto, dentro de Italia.

Pero como era muy lejos, tenían que tomar un avión que los llevara a la ciudad de ROMA, llamada también, LA CIUDAD ETERNA. Al oeste encontrarían LA CIUDAD DEL VATICANO, un lugar en donde hay un museo que esconde muchos secretos.

—Vamos —dijo NIKOS—, es posible que allí esté tu tesoro, ABUELA.

— Sí, sí vamos —dijo LUKIS.

V

ROMA Y EL VATICANO

LA CIUDAD DEL VATICANO es el país más pequeño del mundo. Tiene solo 44 km de superficie y está limitado por unas murallas construidas en el siglo IX. En el siglo I a.C. era un jardín, luego construyeron allí un estadio adornado con un obelisco (el cual todavía existe, en el centro de LA PLAZA DE SAN PEDRO) y después las otras construcciones. Este pequeño país se convirtió en Estado soberano desde 1929 debido al Pacto de Letrán

(establecido entre el gobierno de ITALIA [con Benito Mussolini] y el Pontificado). El jefe de gobierno de LA CIUDAD DEL VATICANO es EL PAPA, él es llamado Sumo Pontífice, y gobierna hasta su muerte.

Los edificios más importantes ahí son:

—La BASÍLICA DE SAN PEDRO: es la principal Catedral de todo el mundo; es muy grande y tiene muchos altares hermosos. Allí están enterrados todos los Papas y el apóstol San Pedro.

—La CAPILLA SIXTINA: se llama así porque la mandó construir el Papa Sixto Cuarto en el siglo XV. Es la capilla más hermosa del mundo, por las joyas de arte que contiene. Su techo y paredes están decorados con pinturas del famoso pintor y escultor Miguel Ángel.

—LOS MUSEOS son colecciones de esculturas y obras de arte, regaladas a los Papas, y traídas de todo el mundo.

Estas colecciones son conocidas como: Los TESOROS DEL VATI-CANO. Recorriendo estos museos, de pronto... LA ABUELA escuchó una vocecita:

—Todas esas estatuas me dan miedo abuelita —dijo LUKIS—. Mejor vamos a buscar al PAPA para conocerlo, y pedirle una pista que nos ayude a encontrar tu Tesoro.

—Él no da pistas —dijo NIKOS—. El sólo da bendiciones.

—Pero... podría tener una... ¿no crees ABUELA? —respondió LUKIS —. Dicen que él todo lo sabe.

—Mmm...Todo no, pero casi todo... contestó LA ABUELA.

Ella les aclaró:

—Todo lo sabe, pero en materia de religión, y de la Iglesia Católica.

—¡Vamos a verlo en su palacio! —dijeron los niños.

—No, dice LA ABUELA, él no vive allí. He leído que el PAPA FRANCISCO, el Papa actual, es tan humilde, que no quiso estar en el Palacio Pontificio, sino prefirió vivir en una residencia para sacerdotes. Vamos a buscarlo.

LA ABUELA preguntó por él a un guía turístico, y este le dijo:

—Miren allá... allá adelante. Ese señor alto de sotana y sombrero blanco es el PAPA. A él le gusta estar entre la gente, es muy sencillo.

Todos corrieron a su encuentro.

NIKOS le preguntó:

—Señor, ¿por qué le llaman PAPA?

—Es un título que se le da al Cardenal que es elegido como jefe supremo del mundo católico — respondió el PAPA.

Entonces LUKIS, respetuosamente, le preguntó:

—Y... ¿por qué eligió llamarse FRANCISCO, cómo mi papá?

EL PAPA dijo:

—Cuando me eligieron PAPA escogí ese nombre inspirado en San Francisco de Asís, quien era un santo muy humilde y bueno con los animales y las personas pobres.

Pero mi verdadero nombre es Jorge Mario Bergoglio.

—Usted habla muy bien el español —dijo LA ABUELA.

—Es que yo soy latinoamericano, nací en la Argentina, y me gusta el futbol —contestó el PAPA.

LA ABUELA, su hijo y sus nietos le contaron al PAPA el motivo de su viaje por la Europa central y le preguntaron si tenía alguna pista para ellos.

—Claro que sí —contestó EL PAPA FRANCISCO—. Deberán ir a LOS PIRINEOS y llegar a los ALPES SUIZOS; allí hay muchos castillos que guardan tesoros. Busquen una ciudad pequeña que está cerca de un lago grande; recorran sus castillos y prueben hasta encontrar la puerta que abra con esta llave que les entrego ahora. Esta llave abre la puerta que da al interior de un castillo, allí está la historia del Tesoro de LA ABUELA.

Todos le dieron gracias al PAPA, él les dio su bendición, y LA ABUELA, el TÍO ANDRÉS y los nietos se despidieron de él con gran emoción por haberlo conocido.

Esa noche tomaron un avión y llegaron a una ciudad internacional llamada GENEVA (GINEBRA).

*****

VI

GINEBRA

GENEVA, en español GINEBRA, es una bonita ciudad a orillas del lago Leman. Ahí existen dos ríos pequeños, el río Ródano (el más grande) y el río Arve (el más pequeño). El río Ródano sale del lago Lemán en GINEBRA para continuar su curso hasta el mar Mediterráneo; y el río Arve es un río secundario que viene de los Alpes suizos y franceses y que desemboca en el río Ródano justo cuando este sale del lago Lemán.

Empezamos por conocer la parte histórica. Ahí las calles son muy angostas y empedradas, por lo cual, el recorrido tuvo que hacerse en un trencito turístico. La primera parada fue en LA CATEDRAL DE SAN PEDRO, llamada la CATEDRAL NACIONAL DE SUIZA.

Es una iglesia muy grande construida en el siglo XII. En su interior se encuentra la CAPILLA DE LOS MACABEOS, de estilo gótico.

—ABUELA, si esta es una iglesia, ¿por qué no hay Santos? —Preguntó LUKIS, el travieso.

—Porque es una Iglesia Protestante, pues esta es la religión de Suiza —respondió LA ABUELA.

NIKOS el pensador, luego de meditar por un momento la pregunta dijo:

—Y, ¿contra qué protestan ABUELA?

Entonces LA ABUELA les explicó a sus nietos:

—Un grupo de religiosos liderados por el teólogo Calvino y un sacerdote llamado Lutero, protestaron en el siglo XVI porque no se estaba cumpliendo un mandato de la Biblia ordenado en el libro de Éxodo capítulo 20 versículos 3 al 5, donde se prohíbe adorar imágenes. También protestaban porque la iglesia se había apartado de las prácticas correctas con el abuso de la venta de indulgencias. Estos eran unos certificados que se compraban a la iglesia para reducir el sufrimiento temporal de los familiares en el purgatorio. El TÍO ANDRÉS les puede explicar eso con más detalle después. Lo que yo recuerdo es que estas protestas las inició en Alemania un monje de la orden agustina llamado Martín Lutero en el año 1517 porque él creía que esas prácticas no eran bíblicas.

LUKIS también preguntó.

—Esas iglesias protestantes ¿no creen en la virgen María, ABUELA?

— ¡Sí! —respondió LA ABUELA—. ¡Claro que si creen! Y la valoran como una mujer ejemplar digna de ser imitada, la cual concibió, por obra del Espíritu Santo, a Jesús. Lo que pasa es que no creen que debe ser venerada porque: 1) Una vez una persona muere ya no tiene contacto con este mundo, así que la veneración u honra ya no tendría sentido. 2) La veneración a la virgen María se ha tornado en adoración en la práctica; sin embargo, escrito está: «Al Señor tu Dios adorarás y solo a Él servirás» (Mateo 4:10).

LUKIS, siempre con su espíritu indagador preguntó:

— ¿Es verdad ABUELA que las iglesias protestantes tampoco creen en el Papa?

— No —respondió LA ABUELA —. No creen en la autoridad

del PAPA, porque creen que el vicario (representante) de CRISTO en la tierra es el ESPÍRITU SANTO y que JESÚS ni los apóstoles designaron una persona como líder principal para dirigir toda la iglesia desde ROMA.

Después los niños, el TÍO ANDRÉS y LA ABUELA visitaron dos lugares históricos muy importantes: el MUSEO INTERNACIONAL DE LA REFORMA, y el AUDITORIO DE CALVINO (lugar en donde el TÍO ANDRÉS tomó muchas fotos).

Por último abordaron un bus turístico de madera para recorrer la parte internacional de la ciudad, donde están las sedes de las más importantes organizaciones mundiales. Entre ellas tenemos, por ejemplo:

- La Oficina de las Naciones Unidas. (ONU)
- El Comité Internacional de la Cruz Roja.
- La Organización Mundial de Comercio.
- La Organización Mundial de la Salud.
- La Organización Mundial del Trabajo.

El recorrido terminó cuando bajaron a contemplar un lago que tiene una fuente de agua con un chorro tan alto, que se mueve con el viento, formando algo que parece la vela de un velero.

De pronto...

—Mira ABUELA allá. Allá, en ese parque. Hay muñecos bailando, vamos a verlos —dijo LUKIS.

—¡Oh! Son los Pitufos otra vez, nos han seguido, ABUELA —dijo NIKOS.

—¡Ah! —contestó LA ABUELA —, recuerden que estamos en

Suiza, y ellos tienen su castillo. Vamos a conversar con ellos.

La Abuela se dirige a Nikos para que pregunte a los Pitufos si ellos los llevarán a conocer su castillo.

—Ya les pregunté —contestó Nikos—. Pero no entiendo lo que me responden.

—Es que hablan al revés —dijo Lukis.

—No es que hablen al revés; ellos hablan francés —les aclaró LA ABUELA—. ¿Se dan cuenta niños, de lo importante que es saber hablar más de dos idiomas? Ustedes ya hablan inglés y español; pero para venir a Europa, hay que saber hablar también francés.

Como no se pudieron comunicar los Pitufos con los niños, les dieron ellos una tarjeta escrita en seis idiomas (en inglés, español, francés, italiano, alemán y ruso) que decía:

«Si el tesoro de LA ABUELA quieren encontrar, vuelvan al aeropuerto de Ginebra; y allí tomen el bus que tiene la letra Y. En este bus cruzarán la frontera entre Suiza y Francia, y en diez minutos el bus los llevará al pueblito francés que tiene el nombre de LA ABUELA».

VII

FERNEY-VOLTAIRE

LA ABUELA y sus nietos regresaron al aeropuerto.

—¡Corran! ¡corran! Que ya viene el bus con la letra Y —dijo LA ABUELA.

Luego, en un dos por tres todos estuvieron en el bus y, el cual decía «vía a FERNEY».

Diez minutos después, los niños muy emocionados se alternaban diciendo:

—Mira, ABUELA, tu nombre en otro bus (LUKIS).

—Mira, Abuela, tu nombre en el *stop (Nikos)*.

—Mira, Abuela, tu nombre en ese almacén (Lukis).

Y por todas partes, y como de forma mágica, el nombre de La Abuela aparecía y aparecía, y sus nietos cada vez más emocionados lo leían una y otra vez. Mientras el bus recorría el pueblo llamado Ferney, uno de los niños (Lukis), preguntó.

— ¿Es este pueblo tu tesoro?

La Abuela se quedó pensativa por un momento; se acordó de la llave que el Papa les había dado, y contestó a Nikos:

—Por algún lugar, este pueblo debe tener su castillo.

—Vamos a buscarlo —dijeron todos.

Por tres días recorrieron el pueblo preguntando por aquí y por allá sobre el origen del pueblo y si tenía o no un castillo. Hasta que, en el último día, precisamente el día del cumpleaños número setenta de la abuena, ella recibió un correo electrónico —enviado por su hija Claudia «la viajera»— en el cual le indicaba, en un mapa, la dirección del castillo.

En el recorrido, pasaron por el cementerio del pueblo, en donde se encontraron con una señora peruana de nombre Mabel, quien les mostró una loma y un camino que los llevaría a un viejo castillo.

Todos muy alegres, subieron la pequeña loma por un camino tapizado de otoño, de hojas amarillas que parecían láminas de oro resplandecientes a la luz de los rayos de sol que se filtraban por la alameda. Y allá... allá arriba, estaba el castillo, entre altos árboles que, vestidos de colores, parecían a lo lejos globos que engalanaban una fiesta campestre (algo propio para el cumpleaños de La Abuela). Ese fue el 26 de octubre del 2013.

En la entrada encontraron una pequeña tienda en donde vendían recuerdos del castillo, y una señora guía atendía a los turistas en seis idiomas entre los cuales, por cierto, no estaba el español. Así que, tuvieron que recibir la información de la historia del castillo en inglés.

VIII
LA HISTORIA DEL CASTILLO

Un escritor francés de nombre VOLTAIRE compró ese viejo castillo en 1857. El castillo se llamaba Fernex. Él lo remodeló, le hizo muchos jardines; y era ahí en donde, por las tardes, escribía sus libros. También le modificó el nombre: le cambió la X final, por la letra Y, dando origen al nombre de FERNEY. Con este mismo nombre bautizó el pueblo que él mismo planeó y construyó alrededor del castillo.

Cuando la Señora guía terminó de contar la historia en el jardín del frente, dijo NIKOS:

—ABUELA, probemos la llave que nos dio el Papa Francisco.

Entonces LA ABUELA, un tanto ansiosa, pidió permiso a la guía para probar la llave.

¡Fue sorprendente! La llave mágica funcionó, la puerta se abrió y los niños muy alegres dijeron a la vez:

—¡Hurra, ABUELA!, encontramos tu tesoro. Por fin encontramos tu castillo.

LUKIS, el travieso, entró saltando, y en la antesala, se enredó en una cinta de colores que colgaba de las estatuas de ROUSSEAU y de VOLTAIRE. Entonces, la llevó a LA ABUELA para que leyera lo que decía. Ahí decía:

«Feliz cumpleaños #70 abuelita FERNEY».

De inmediato, NIKOS le dijo:

—¡*Happy Birthday*, abuelita! Te amo mucho (colocando sus manitos en el corazón y luego abriendo sus bracitos para el abrazo del oso).

La guía preguntó a LA ABUELA si en verdad ese era su nombre. Ella le mostró su identificación y la guía quedó asombrada de que tuviera el nombre de su pueblo. Y le preguntó:

—¿Cómo se siente hoy con este descubrimiento en su cumpleaños?

—Me siento muy feliz y recompensada —contestó LA ABUELA—. Este viaje ha cumplido mis expectativas: he encontrado el origen de mi nombre. Y le digo ahora a mi madre que está en el cielo: «Gracias, mami, por el nombre que me diste, porque gracias a ello he realizado este maravilloso viaje».

Al recorrer el interior del castillo, LA ABUELA descubrió un cuadro con el dibujo de la letra Y. Ahí también estaba escrita la palabra *tócame* en varios idiomas. LA ABUELA la tocó e inmediatamente el cuadro se deslizó dejando ver, dentro de la pared, una caja de seguridad con una etiqueta que decía: «Digite su clave: año, mes, día y hora de su nacimiento. Si la caja se abre, es porque ese es su tesoro».

LA ABUELA digitó: 1943-10-26-07 y la caja se abrió, dejando ver en su interior una hermosa escultura de la Letra Y, tallada en un Lingote de Oro, junto a ella un escrito que decía:

«La letra Y con sonido de vocal al final de tu nombre, quiere decir que nunca estarás sola. Esa letra Y es tu enlace con tu Creador, con la Divinidad». Al terminar de leer inmediatamente apareció sobre la escultura un holograma que decía: «Ferné y Yahvé». «Ferné y Yeshúa».

LUKIS, asombrado preguntó:

—ABUELA, ¿qué significan esas palabras?

—La primera es el nombre de Dios en hebreo. Y la segunda es el nombre de su Hijo en ese mismo idioma —respondió LA ABUELA.

El holograma me está confirmando que nunca estaré sola, porque Él es —y será siempre— mi compañía permanente. Y es compañía también de todos los que en Él creen.

En ese momento el TÍO ANDRÉS, pronunció el slogan con el cual termina todas sus conferencias teológicas: «*You'll never walk alone*».

Durante el recorrido, NIKOS encontró sobre el escritorio de Voltaire, una nota que decía:

«ABUELA, ya encontraste tu tesoro; pero hay en Ginebra otro tesoro de conocimiento, para tus inteligentes nietos; llévalos al laboratorio de aceleración de partículas, para que algún día puedan contestar las preguntas que allí a la entrada están escritas:

¿QUIÉN SOY?

¿DE DÓNDE VENGO?, Y

¿A DÓNDE VOY?"

La Abuela explicó a los niños que allí, en ese laboratorio de Física Nuclear, el día 4 de julio de 2012 se dio a conocer un descubrimiento muy importante: se descubrió «la Huella de Dios».

—Y, ¿quién es Dios? —pregunto Nikos el pensador.

Entonces la Abuela contestó:

—Es una buena pregunta para un teólogo como el tío Andrés.

—¿Y quién es un teólogo? —preguntó Lukis.

La Abuela les explicó que es la persona que estudia teología, o sea la ciencia de Dios.

Entonces el tío Andrés dijo a sus sobrinos de 4 y 2 años:

—Dios es el Papá de todos nosotros. Él nos quiere mucho. Él hizo los animales, las plantas, y todo lo que vemos en la tierra y en el cielo, como el sol, la luna y los planetas. Dios está en todas partes, pero no lo podemos ver, es como el viento.

Luego, los niños preguntaron a su abuela:

—y... para ti, ¿quién es Dios?

Y la Abuela contestó:

«Para mi Dios es el perfecto, maravilloso Creador y Diseñador del universo que hizo:

El aire que respiro,

el viento que sopla en la noche y en el día.

el brote de la rosa que se abre en una flor.

El Genio Creador del canto de los pajaritos al despertar la mañana.

El Genio Creador del vuelo del águila hasta las altas cumbres.

Es el que los inspira a ustedes a darme el abrazo de oso cada día.

Es el que inspira el beso de la mami y de papi.

Porque Dios es amor.

IX

CONVERSANDO CON EL TÍO ANDRÉS

Pasaron muchos años. NIKOS y LUKIS ya habían llegado a la adolescencia (*teenagers*).

A LUKIS le quedaron resonando las tres preguntas que aparecían en el laboratorio de aceleración de partículas de Suiza más conocido como CERN:

¿Quién soy?

¿De dónde vengo?, y

¿A dónde voy?

Entonces LUKIS preguntó:

—ABUELA, ¿cuál es la respuesta a esas tres preguntas?

LA ABUELA se quedó pensativa un rato y le dijo:

—Estas son preguntas para tu TÍO ANDRÉS, quien es teólogo.

El TÍO ANDRÉS les dijo a sus sobrinos, ya adolescentes:

—Esas son las preguntas más importantes que puede hacerse un ser humano. Son las grandes preguntas existenciales sobre las cuales siempre el hombre ha reflexionado.

Lo que a continuación tenemos es una interesante conversación entre el TÍO ANDRÉS y sus dos sobrinos NIKOS y LUKIS.

Nikos: TÍO ANDRÉS ¿es verdad que nosotros venimos del mono?

Andrés: No. Nosotros somos creación directa de Dios. No descendemos de los animales. La Biblia dice:

> Y dijo Dios: Hagamos al hombre a nuestra imagen, conforme a nuestra semejanza; y ejerza dominio sobre los peces del mar, sobre las aves del cielo, sobre los ganados, sobre toda la tierra, y sobre todo reptil que se arrastra sobre la tierra (Genesis 1:26 NBLA).

Lukis: TÍO ANDRÉS a nosotros en la escuela nos han enseñado que venimos del mono a través de la evolución. ¿Quieres decir que la teoría de la evolución no es verdad?

Andrés: Depende de lo que interpretes por evolución. Evolución en su sentido básico significa que dentro de una misma especie han existido cambios genéticos a lo largo del tiempo. Por ejemplo, los perros es una especie que a través del tiempo ha tenido variaciones genéticas. Los que viven en un clima más frío desarrollaron más pelaje a diferencia de los que viven en clima más cálido. Este concepto de evolución no es discutible y está bien documentado. Algunos lo llaman *microevolución*. Existe, es un hecho confirmado.

Si por evolución interpretas *macroevolución*, eso es una teoría incorrecta. Esta enseña que la vida en su forma primitiva se trataba de organismos unicelulares que llegaron a existir a partir de la materia sin vida y de forma accidental. Que primero aparecieron animales simples acuáticos, luego mutaron a animales más complejos (los anfibios); luego a los reptiles; de ahí a los mamíferos; hasta que finalmente llegaron a convertirse en el *homo sapiens* (el hombre pensante). La *macroevolución* dice que los cambios genéticos se dan no solo *dentro* de una especie (algo que se puede aceptar dentro de la *microevolución*), sino *a través de* muchas especies (cosa que es inaceptable).

Nikos: ¿Y por qué, si esa teoría es falsa, la enseñan en casi todas las escuelas?

Andrés: Esa teoría tiene muchísimos problemas, algo que ustedes irán entendiendo poco a poco. Por ahora es suficiente saber que uno de los mayores problemas de esa teoría es el registro fósil. Si la *macroevolución* fuera verdadera, uno encontraría en el registro fósil muchísima evidencia de animales que son una transición de una especia a otra. Eso no está en el registro fósil.

Además, Dios creo las diferentes especies de forma independientemente:

> [21]Y Dios creó los grandes monstruos marinos y todo ser viviente que se mueve, de los cuales, según *su especie*, están llenas las aguas, y toda ave *según especie*. Y Dios vio que era bueno. [24]Entonces dijo Dios: «Produzca la tierra seres vivientes según *su especie*: ganados, reptiles y animales de la tierra según *su especie*». Y así fue (Gen 1:21,24 NBLA).

Lukis: TÍO ANDRÉS, pero en la clase de ciencias también nos enseñaron que el material genético de las personas es en gran parte compartido por el de otras especies de animales. También, nuestro material genético y el de los chimpancés es compartido en alrededor de un noventa y ocho por cierto. ¿No será que, por esta razón, la macroevolución es cierta y que, al tener un ancestro en común, en realidad venimos del mono?

Andrés: Es verdad que los seres humanos compartimos con los chimpancés el noventa y ocho por cierto de material genético, pero eso no significa que tengamos un ancestro en común, eso más bien significa que tenemos un Diseñador en común. El Diseñador de los chimpancés y de los seres humanos es Dios (Yahvé), y él quiso usar el mismo material genético para ambos tipos de seres vivos. Así quiso Él.

Nikos: Tío o sea que venimos directamente de un acto de creación de Dios, ¿correcto?

Andrés: Correcto. Y dado que fuimos creados a partir de un acto especial de Dios, eso responde automáticamente a la pregunta existencial *¿quién soy?,* pues la respuesta es: somos una creación especial de Dios, distintos a los animales. Y también responde a la segunda pregunta *¿De dónde vengo?,* pues la respuesta es esta: venimos de Dios. La Biblia dice:

> Y dijo Dios: Hagamos al hombre a *nuestra imagen, conforme a nuestra semejanza*; y ejerza dominio sobre los peces del mar, sobre las aves del cielo, sobre los ganados, sobre toda la tierra, y sobre todo reptil que se arrastra sobre la tierra (Genesis 1:26 NBLA).

A diferencia de los animales, somos hechos a la imagen de Dios. Tenemos un alma o espíritu para comunicarnos con Él, y lo representamos aquí en la tierra administrando y manejando su creación.

Lukis: TÍO ANDRÉS y *¿para dónde vamos?* ¿Qué pasará con nosotros cuando muramos?

Nikos: TÍO ANDRÉS, por cierto, ¿por qué morimos?, ¿por qué no podemos vivir felices todos por siempre?

Andrés: Para contestar a esas preguntas tenemos que leer Génesis 3, en la Biblia. Dios creó todo perfecto en la tierra. No había, muerte, dolor, hambre ni sufrimiento. Sin embargo, Adán y Eva, la primera pareja que Dios creo, decidió desobedecer las ordenes de Dios. A consecuencia de eso, la comunión con Dios se rompió y el cuerpo de ellos empezó a deteriorarse hasta morir. Como todos los seres humanos descendemos de ellos, por lo tanto, heredamos esas dos cosas: la tendencia a hacer lo malo, lo que desagrada a Dios, a desobedecer sus mandamientos; y también la condición mortal y corrupta de nuestros cuerpos. Nuestro cuerpo deja de existir, vamos al cementerio, y queda reducido a polvo.

Lukis: Tío y que pasa con nuestro espíritu, ¿a dónde va?

Andrés: Todos los seres humanos hemos ofendido a Dios de una u otra manera. Algunas personas han hecho muchas cosas malas, otras han hecho pocas cosas malas. Independientemente de que sean muchas o pocas las cosas malas, el hecho de hacer solo una cosa mala ya nos descalifica para estar en su presencia.

Lukis: O sea que ninguna persona después de morir puede estar en la presencia de Dios basado en su comportamiento según entiendo ¿no es así?

Andrés: Tú lo has dicho, «basado en su propio comportamiento». Nadie puede agradar a Dios basado en su propio comportamiento porque nadie se puede comportar cien por ciento perfecto, y Dios exige cien por ciento de perfección para estar en el cielo, en su presencia ya que Él es perfecto en santidad.

Lukis: O sea que ¡ninguno de los seres humanos tiene esperanzas de estar con Dios después de que mueran!

Andrés: Al respecto, tengo dos noticias, una buena y una mala.

Nikos: Dinos primero la mala.

Andrés: La mala es que, dado que todos los seres humanos hemos desobedecido a Dios al menos una vez en la vida, eso nos descalifica para estar en su presencia —como ya dije—, por tanto, tenemos que afrontar la consecuencia de una triple muerte.

Nuestro espíritu está separado de Dios, ya que vivimos de forma egoísta y en desobediencia. A esta separación de Dios se le llama *muerte espiritual.*

Nuestro cuerpo se va deteriorando hasta morir y dar a parar a la tumba. A esto se le llama *muerte física*.

Al morir el cuerpo, el espíritu quedará separado de Dios por la eternidad e irá a un lugar de tormento. A esto se le llama *muerte eterna* o también *muerte segunda*.

Lukis: ¡Uy, tío, que horror! No puedo esperar más por saber la buena noticia.

X
EXPLICANDO EL TESORO DE LA ABUELA

Andrés: La Biblia dice que la paga del pecado es la muerte (Romanos 6:23). Dado que todos los seres humanos han pecado, todos tienen que pagar con esa triple muerte. La buena noticia es que Dios (Yahvé) no quiere que nos enfrentemos a esa triple muerte. Entonces Él envió a Alguien a pagar por esa muerte, a morir por nosotros, en nuestro lugar.

Nikos: ¿Quién?

Andrés: Ese fue Jesús, de Él es de quien hablo. Él es una Persona con un valor infinito. Un verdadero tesoro. El tesoro que encontró LA ABUELA en el castillo. ¿Recuerdan lo que sucedió cuando LA ABUELA descubrió un cuadro con el dibujo de la letra Y?

LA ABUELA descubrió un cuadro con el dibujo de la letra Y, y la palabra *tócame* en varios idiomas a un lado. LA ABUELA la tocó e inmediatamente el cuadro se deslizó dejando ver al interior de la pared una caja de seguridad con una etiqueta que decía: «Digite su clave: año, mes, día y hora de su nacimiento. Si la caja se abre, es porque ese es su tesoro».

LA ABUELA digitó: 1943-10-26-07 y la caja se abrió, dejando ver en su interior una hermosa escultura de la Letra Y, tallada en un Lingote de Oro, junto a ella un escrito que decía:

«La letra Y con sonido de vocal al final de tu nombre, quiere decir que nunca estarás sola. Esa letra Y es tu enlace con tu Creador, con la Divinidad». Al terminar de leer inmediatamente apareció sobre la escultura un holograma que decía: «Ferné y Yahvé». «Ferné y Yeshúa».

Nikos: ¡Oh si, Yeshua el nombre del hijo de Dios en hebreo!

Lukis: ¡Sí, es el mismo Jesús!

Andrés: Así es. Es Jesús de Nazareth.

Nikos: Yo quiero ahorrar dinero y viajar a la frontera entre Suiza y Francia e ir a ese castillo y digitar mi clave en la caja de seguridad que está detrás del cuadro con el dibujo de la letra Y usando como clave la fecha de mi cumpleaños.

Quiero ver que aparezca también un holograma que diga «Nikos y Yahvé». «Nikos y Yeshúa». Para tener la certeza de que nunca estaré solo; y puesto que Jesús me sustituyó con su muerte, ya no tengo que morir, ya que Jesús murió por mí, y Él siempre estará a mi lado.

Lukis: Yo también quiero ir a ese castillo y hacer lo mismo digitando mi clave con la fecha de mi cumpleaños.

En ese momento el TÍO ANDRÉS les dijo a sus sobrinos LUKIS y NIKOS:

—Lo que sucedió con su abuelita fue una manera en que Dios le mostró a ella que la amaba, pero la verdad es que Él nos ama a todos. Por tanto, LUKIS y NIKOS, no necesitan ir al pueblo de FERNEY para recibir el amor de Dios. Dios ama inmensamente no solo a LA ABUELA, al TÍO ANDRÉS, a LUKIS y NIKOS, sino a todo en el mundo. El ama a todo el mundo y no quiere la muerte espiritual de ningún ser humano. El tesoro especial encontrado en el castillo de LA ABUELA está disponible para toda la humanidad a través de una clave universal que, por cierto, no es secreta, pues está revelada a todos.

LUKIS y NIKOS preguntaron al unísono:

—¿Cuál es esa clave tío?

El TÍO ANDRÉS respondió:

—La clave es acercarse a Dios pidiendo perdón por todas las faltas y cosas malas que hemos hecho confiando en que Jesús pagó por todas esas faltas y errores muriendo en la cruz. De esta forma obtendremos paz con Dios, su presencia y su Espíritu estarán con nosotros desde ahora mismo y para siempre.

Así «nunca caminarás solo» (*You will never walk alone*).

Pasaron unos años.

El TÍO ANDRÉS inspirado en el tesoro que se encontró en el castillo de LA ABUELA en Europa, decidió, en compañía de dos amigos filipinos, fundar un instituto en línea para capacitar a líderes que enseñen a otras personas sobre cómo encontrar ese tesoro, cuidarlo y disfrutarlo.

Lukis: Tío, tu instituto es como una escuela ¿cierto?

Andrés: Así es.

Nikos: Tío, ¿tu instituto es el único lugar que existe para aprender de Dios?

Andrés: No. Hay muchos más, y a través de la historia, y de los siglos, han existido también muchos otros.

Lukis: ¿Cómo se llama tu instituto tío?

Andrés: El nombre está inspirado en el castillo de LA ABUELA, porque la historia del castillo de LA ABUELA y el tesoro que tenía escondido es muy importante para mí. También debería ser de mucha importancia para todos. El nombre está en inglés.

Gem Land Bible Training Institute

Nikos: ¡Oh, es un instituto bíblico de entrenamiento!

Lukis: Sí, y gem land significa «tierra... ¡*Ouch* no sé qué es gem!»

Andrés: Gem significa en español *Gema*. Es una piedra preciosa, una joya. La caracteriza lo bella, lo duradera y resistente que es. En otras palabras, es un verdadero tesoro.

¡Sí, es un tesoro! dijeron al unísono LUKIS y NIKOS.

*****

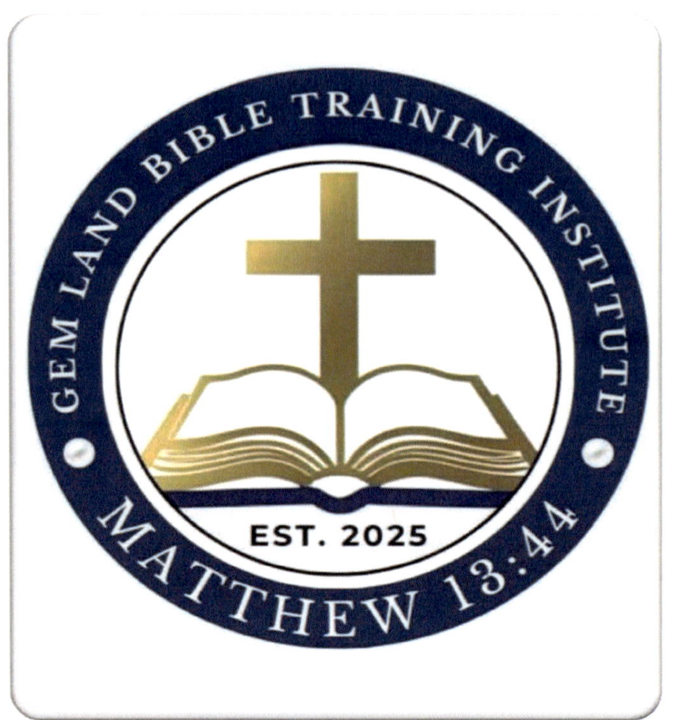

El reino de los cielos es semejante a un tesoro escondido en el campo, que al encontrarlo un hombre, lo vuelve a esconder, y de alegría por ello, va, vende todo lo que tiene y compra aquel campo (Mateo 13:44 NBLA).

Las últimas palabras del TÍO ANDRÉS a sus sobrinos, en aquella ocasión, cuando tuvo esa conversación con ellos en su casa, fueron:

—LUKIS, NIKOS, un tesoro de esos es el mejor regalo y legado que una abuela le puede dejar a sus nietos. Es por eso por lo que LA ABUELA FERNEY es tan especial y tan maravillosa.

EPÍLOGO

Si los hijos

son la expresión

más sublime del amor,

son los nietos

los que le colocan alas

a ese mágico sentimiento.

Y son esas mismas alas

las que nos encumbran

a la vida de ensueño

en que vivimos los abuelos.

¡Gracias por leer este libro!

Espero que la lectura de este libro sea de gran beneficio para tu vida. Y si esto es así, me encantará que me otorgaras **un comentario y una valoración en Amazon**. Tu opinión es muy importante, y servirá para que este libro pueda ser aprovechado por otras personas. Me alegrará leer tu comentario; y será muy apreciado.

www.ingramcontent.com/pod-product-compliance
Lightning Source LLC
Chambersburg PA
CBRC092145180726
48295CB00007B/114